# SARAH, SENCILLA Y ALTA

PATRICIA MACLACHLAN nació en Cheyenne, Wyoming (Estados Unidos de América). Se graduó en la Universidad de Connecticut. Ha trabajado como profesora de inglés y como miembro activo del consejo de una agencia local de servicios a la familia. Da frecuentes conferencias sobre literatura infantil y ha dirigido talleres en varias universidades y colegios universitarios. Vive en el oeste de Massachussetts con su marido, Robert, y sus tres hijos, John, Jamie y Emily.
*Sarah, sencilla y alta* está basado en un suceso real en la historia de su familia. Por este libro obtuvo la medalla Newbery en 1986.

FUENCISLA DEL AMO nació en 1950. Estudió en la Escuela de Bellas Artes de San Fernando, ha ilustrado para Editorial Noguer *El problema de los miércoles* de Laura Wathausen, *Feral y las cigüeñas,* de Fernando Alonso, *Las manos en el agua,* de Carlos Murciano y *La tierra de nadie* de Alfonso Martínez-Mena. Obtuvo en el año 1981 el Segundo Premio Nacional de Ilustración que concede el Ministerio de Cultura.

PATRICIA MACLACHLAN

# SARAH,
# SENCILLA Y ALTA

Medalla Newbery,
Lista de Honor IBBY

**EDITORIAL NOGUER, S.A.**

**Barcelona**

MacLachlan, Patricia

Sarah, sencilla y alta

RESUMEN: Sarah vive en Maine y contesta al anuncio de Jacob, viudo con dos hijos, Anna y Caleb, en el que solicitaba esposa. Tras un carteo en el que se han ido conociendo, Sarah anuncia su llegada: Llevaré un sombrero amarillo, soy sencilla y alta, dice su carta.

[1.  Novela realista.]


Título original
*Sarah, plain and tall*

© 1985  Patricia MacLachlan
© 1988  Editorial Noguer, S.A.
Santa Amelia 22, Barcelona.
Reservados todos los derechos.
ISBN: 84-279-3421-1

Traducción: Marta Sansigre Vidal
Cubierta e ilustraciones: Fuencisla del Amo

Quinta edición: marzo 1997

Impreso en España - Printed in Spain
Misytac, S.L., Badalona
Depósito legal: B-8186-1997

*Para mis viejos y queridos amigos...*

*Dick y Wendy Puff,*
*Allison y Derek*

—¿Mamá cantaba todos los días? —preguntó Caleb—. ¿Toditos los días?

Estaba sentado junto a la lumbre, con la barbilla apoyada en la mano. Atardecía y los perros estaban tendidos a su lado en las piedras calientes del hogar.

—Toditos los días —le contesté por segunda vez en esta semana y por vigésima vez en este mes. La centésima vez en este año. Y en los años anteriores.

—Y, ¿papá también cantaba?

—Sí, papá también cantaba. No te acerques tanto al fuego, Caleb, te vas a quemar.

Caleb arrastró hacia atrás su silla, que hizo un chirrido resonante contra las piedras, y los perros se despertaron. Lottie, pequeña y negra, meneó la cola y levantó la cabeza. Nick siguió durmiendo.

Yo amasaba la harina para el pan una y otra vez en el mármol de la mesa de la cocina.

—Pues papá ya no canta —dijo Caleb muy bajito. Un leño se partió y crujió en el hogar. Caleb levantó la vista y me miró.

—¿Cómo era cuando nací?

—No llevabas ropa —le dije.

—Ya lo sé —contestó.

—Eras así —le dije levantando una bola redondita y blancuzca de harina.

—Tenía pelo —dijo Caleb.

—Tan poco, que no merece la pena hablar de él —dije.

—Y mamá me llamó Caleb —continuó, completando la antigua y repetida historia de siempre.

—Yo te hubiera llamado Fastidioso —dije, haciendo sonreír a Caleb.

—Y mamá me puso en tus brazos envuelto en la manta amarilla y dijo... —esperó a que yo terminase el relato—. Y dijo...

Suspiré.

8

—Mamá dijo: «¿Verdad que es precisoso, Anna?

—Y lo era —terminó Caleb.

Caleb creía que ahí terminaba la historia y no le dije lo que yo había pensado realmente. Era feúcho, daba unos gritos espantosos y tenía un olor insoportable. Pero eso no era lo peor de él. Mamá murió a la mañana siguiente de nacer Caleb. Eso era lo peor de Caleb.

«¿Verdad que es precioso, Anna?» Las últimas palabras que me dijo. Yo me había ido a la cama pensando en lo ruin que parecía Caleb y me olvidé de dar a mamá las buenas noches.

Me limpié las manos en el delantal y me acerqué a la ventana. Fuera, la pradera se extendía a lo lejos y tocaba los lugares en los que el cielo descendía. El frío invierno estaba a punto de terminar y había manchas de nieve y hielo por todas partes. Miré hacia lo largo del camino que se arrastraba por las llanuras, recordando la mañana soleada y cruel en que había muerto mamá. Habían venido a buscarla en una carreta y se la habían llevado a enterrar. Y luego habían venido los primos y las tías y los tíos y habían intentado llenar el vacío de la casa. Pero no pudieron.

Poco a poco, uno a uno, se marcharon. Y entonces los días se volvieron largos y oscuros, como días de invierno, aunque no lo eran. Y papá no cantaba.

—*¿Verdad que es precioso, Anna?*

—*No, mamá.*

Era difícil considerar precioso a Caleb. Me costó tres días enteros quererle, sentada en la silla junto a la lumbre, mientras papá fregaba los platos de la cena, y la manita diminuta de Caleb me rozaba la mejilla, y me sonreía. Fue la sonrisa, lo sé.

—¿Te acuerdas de sus canciones? —preguntó Caleb—. Las canciones de mamá.

Me retiré de la ventana.

—No. Sólo que cantaba sobre flores y pájaros. A veces sobre la luna, cuando era de noche.

Caleb alargó la mano y acarició la cabeza a Lottie.

—Quizá —dijo en voz baja—, si recordaras sus canciones, yo también podría recordarla a ella.

Se me abrieron los ojos y se me llenaron de lágrimas. Entonces se abrió la puerta y entró una ráfaga de viento con papá y fui a remover el guiso. Papá me rodeó con los brazos y me acarició el pelo con su rostro.

—Qué agradable olor a jabón tiene ese guiso —dijo.

Me reí: —Eso es mi pelo.

Caleb vino corriendo y echó los brazos al cuello de papá y se colgó de él mientras papá le balanceaba adelante y atrás. Los perros se levantaron.

—Hacía frío en el pueblo —dijo papá—. Y Jack estaba agitado. —Jack era el caballo de papá, que lo había criado desde que era un potrillo.

—Pícaro —murmuró papá sonriendo, porque hiciera lo que hiciese Jack, papá le quería mucho.

Serví el guiso, encendí la lámpara de aceite y comimos con los perros apretados bajo la mesa, esperando que les diéramos comida o que se nos cayese algo.

Quizá papá no nos hubiera hablado de Sarah aquella noche si Caleb no le hubiera hecho aquella pregunta. Después de recoger la mesa y fregar los platos y cuando papá estaba vertiendo las cenizas en el cubo, fue cuando Caleb habló. En realidad no era una pregunta.

—Ya no cantas nunca —dijo. Lo dijo con resentimiento, aunque no fue esta su intención—. ¿Por qué? —preguntó con más dulzura.

Lentamente, papá se enderezó. Hubo un largo silencio y los perros levantaron la vista, extrañados.

—He olvidado las viejas canciones —dijo papá en voz baja. Se sentó—. Pero quizá haya una forma de recordarlas. —Nos miró.

—¿Cómo? —preguntó Caleb ansioso.

Papá se recostó en la silla.

—He puesto un anuncio en los periódicos. Pidiendo ayuda.

—¿Quieres decir una criada?

Caleb y yo nos miramos y nos echamos a reír, recordando a Hilly, nuestra vieja criada. Era gorda y lenta y arrastraba los pies. Por la noche roncaba con un penetrante silbido, como el de una tetera de agua caliente que deja salir el vapor.

—No —dijo papá lentamente—. No una criada. —Se detuvo—. Una esposa.

Caleb miró fijamente a papá.

—¿Una esposa? ¿Quieres decir una madre?

Nick deslizó la cabeza sobre las rodillas de papá, que le acarició las orejas.

—Eso también —dijo papá—. Como Maggie.

Matthew, nuestro vecino del sur, había escrito pidiendo una esposa y una madre para sus hijas. Y había venido Maggie, de Tennessee. Tenía el pelo del color de los nabos y se reía mucho.

Papá se metió la mano en el bolsillo y sacó una carta.

—Y he recibido una respuesta. —Papá nos leyó:

Estimado Sr. Jacob Witting:

Soy Sarah Wheaton, de Maine, como verá por la carta. Le escribo en respuesta a su anuncio. Nunca he estado casada, aunque me lo han propuesto. He vivido con un hermano mayor, William, que está a punto de casarse. Su futura mujer es joven y enérgica.

Siempre me ha gustado vivir junto al mar, pero en este momento creo que debo marcharme. Y la verdad es que el mar es lo más al Este que puedo ir. Mi elección, como ve, es limitada. Esto no debe tomarlo como ofensa. Soy fuerte y trabajadora y estoy dispuesta a viajar. Pero no soy de maneras suaves. Si todavía quiere escribirme, me gustaría saber de sus hijos y sobre el lugar en que vive. Y sobre usted.

Sinceramente suya

Sarah Elisabeth Wheaton

PD.: ¿Qué opina usted de los gatos? Tengo uno.

Nadie habló cuando papá terminó la carta. El siguió mirándola en sus manos, releyéndola para sí. Finalmente, volví la cabeza un poco para ver a Caleb. Estaba sonriendo. Yo también sonreí.

—Una cosa —dije en el silencio de la habitación.

—¿Qué es? —dijo papá levantando la vista.

—Pregúntale si canta —dije.

Caleb, papá y yo escribimos a Sarah, y antes de que se hubieran derretido el hielo y la nieve de los campos, todos recibimos respuesta. La mía llegó la primera.

Querida Anna:

Sí, sé hacer trenzas y carne guisada y cocer pan, aunque prefiero construir estantes para los libros y pintar.

Mis colores favoritos son los de la mar, azul, gris y verde, según el tiempo. Mi hermano William es pescador y me ha dicho que cuando está en medio de una mar cubierta de niebla, el agua es de un color que no tiene nombre. Pesca lenguados, percas y pámpanos. Algunas veces, ve ballenas. Y también pájaros, claro. Os envío un libro de aves marinas para que veáis lo que William y yo vemos todos los días.

Sinceramente tuya

Sarah Elisabeth Wheaton

Caleb leyó tantísimas veces la carta que empezó a correrse la tinta y el papel quedó todo estrujado. Leyó una y otra vez el libro de aves marinas.

—¿Crees que vendrá? —preguntó Caleb—. ¿Y se quedará? ¿Y si piensa que somos ruidosos y cargantes?

—Tú sí que eres ruidoso y cargante —le dije. Pero yo también estaba preocupada. A Sarah le gustaba el mar, estaba claro. Quizá no quisiera marcharse de allí y venir a un sitio en que había campos, hierba y cielo y no mucho más.

—¿Y si viene y no le gusta nuestra casa? —preguntó Caleb—. Le he dicho que es pequeña. A lo mejor no debería haberle dicho que era pequeña.

—Chist, Caleb, chist.

La carta de Caleb llegó poco después, con un dibujo de un gato en el sobre.

Querido Caleb:

Mi gata se llama Foca, porque es gris como las focas que nadan en la orilla del mar, en Maine. Se alegra de que Lottie y Nick la saluden. Le gustan los perros, en general. Dice que sus huellas son mucho más grandes que las de ella (que también os manda la suya).

Vuestra casa parece preciosa, aunque esté lejos, en medio de los campos, y no haya vecinos cerca. Mi casa es alta y tiene las tejas grises a causa de la sal del mar. Hay rosas en los alrededores.

Sí, a veces me gustan las habitaciones pequeñas. Sí, puedo mantener la lumbre encendida durante la noche. No sé si ronco. Foca no me lo ha dicho nunca.

Sinceramente tuya

Sarah Elisabeth

21

—¿De verdad le preguntaste si roncaba? —pregunté asombrada.

—Quería saberlo —dijo Caleb.

Guardó la carta consigo y la leía en el establo y en los campos y junto el estanque de las vacas. Y todas las noches, al irse a la cama.

Una mañana, muy temprano, estábamos papá, Caleb y yo limpiando los establos y poniendo paja nueva, cuando papá se detuvo de repente y se apoyó en la horca.

—Sarah ha dicho que va a venir a pasar un mes con nosotros, si queremos —dijo con voz fuerte, que resonó en el establo—. Para ver cómo es esto. Nada más que para ver.

Caleb se quedó de pie junto a la puerta del establo y cruzó los brazos sobre el pecho.

—Creo... —empezó. Luego—, creo... —dijo lentamente—, que estaría bien... decir que sí —acabó precipitadamente.

Papá me miró.

—Yo también digo que sí —le dije, sonriendo.

—Sí —dijo papá—. Entonces, trato hecho.

Y los tres, sonriendo, volvimos al trabajo.

Al día siguiente, papá fue a la ciudad a echar la carta para Sarah. Llovió durante días y después el cielo siguió cubierto de nubes. La casa estaba fría, húmeda y callada. Una vez puse cuatro cubiertos en la mesa, luego me di cuenta y quité el que sobraba. Nacieron tres corderitos, uno con la cara negra. Y entonces llegó la carta de Sarah. Era muy corta.

Querido Jacob:

Llegaré en tren. Llevaré un sombrero amarillo. Soy sencilla y alta.

Sarah

—¿Qué es eso? —preguntó Caleb muy excitado, mirando por encima del hombro de papá, señalando algo escrito al final de la carta.

Papá lo leyó para sí. Luego, sonriendo, levantó la carta para que lo viéramos.

*Diles que canto* era lo único que decía.

Sarah llegó en primavera. Llegó atravesando verdes campos cubiertos de hierba verde, de escrofularia en flor, roja y anaranjada, y de hierba de la plata.

Papá se levantó temprano para emprender el largo viaje hasta la estación y volver luego. Se cepilló el pelo, tan liso y brillante, que Caleb se rió. Se puso una camisa limpia de color azul y un cinturón, en vez de los tirantes.

Dio de comer y de beber a los caballos, hablándoles mientras los enganchaba a la carreta. La vieja Bess, que era tranquila y buena, y Jack, con ojos de loco, que estiraba la cabeza para mordisquear el cuello a Bess.

—¡Qué día más bonito, Bess —dijo papá acariciándola—. Tranquilo, Jack —le dijo apoyando la cabeza sobre él.

Luego, papá se subió a la carreta y se alejó por la carretera de tierra a buscar a Sarah. La nueva mujer de papá. Quizá nuestra nueva madre.

Las ardillas de tierra corrían de un lado a otro del camino y se enderezaban para mirar la carreta. A lo lejos, en el campo, una marmota comía y observaba.

Caleb y yo hicimos nuestras faenas sin hablar. Limpiamos los establos y pusimos heno fresco. Dimos de comer a las ovejas. Barrimos, ordenamos, cargamos leña y agua. Y terminamos nuestras tareas.

Caleb me tiró de la camisa.

—¿Tengo limpia la cara? —preguntó—. ¿Puedo tener la cara *demasiado* limpia? —Parecía alarmado.

—No, tienes la cara limpia, pero no demasiado —dije.

Caleb me cogió la mano mientras esperábamos en el porche, mirando la carretera. Tenía miedo.

—Será tan buena como Maggie —preguntó.

28

—Sarah será buena —le dije.

—¿Está Maine lejos? —preguntó.

—Ya sabes lo lejos que está. Muy lejos, junto al mar.

—¿Traerá Sarah algo de mar?

—No, no se puede traer el mar.

Las ovejas corrían en el campo y, a lo lejos, las vacas avanzaban lentamente hacia el estanque, como tortugas.

—¿Le gustaremos? —preguntó Caleb muy bajito

Contemplé a un aguilucho pálido que bajaba planeando detrás del granero.

Caleb me miró.

—Claro que le gustaremos —se contestó a sí mismo—. Somos buenos —añadió, haciéndome sonreír.

Esperábamos y mirábamos. Yo me senté en la mecedora del porche y Caleb hizo rodar una canica por la madera del suelo. Atrás y adelante. Atrás y adelante.

Primero vimos el polvo de la carreta, levantándose sobre el camino, sobre las cabezas de Jack y de Bess. Caleb se subió al tejado del porche divisando el horizonte.

—¡Un sombrero! —gritó—. ¡Veo un sombrero amarillo!

Los perros salieron de debajo del porche, con las orejas tiesas y los ojos fijos en la nube de polvo que se acercaba. La carreta cruzó el campo cercado y también las vacas y las ovejas levantaron la vista. Rodeó el molino de viento y la cuadra y la hilera de olivos de Bohemia que había plantado mamá hacía mucho tiempo para cortar el viento. Nick empezó a ladrar y luego Lottie, y la carreta traqueteó hasta delante de la casa y se detuvo junto a las escaleras.

—¡Chist —dijo papá a los perros.

Y se hizo el silencio.

Sarah descendió de la carreta con una bolsa de cretona en la mano. Levantó una mano, se quitó el sombrero amarillo y se alisó el pelo castaño formando un moño. Era sencilla y alta.

—¿Has traído algo de mar? —preguntó Caleb junto a mí.

—Algo de mar —dijo Sarah sonriendo—. Y a mí misma. Se volvió y levantó una maleta negra de la carreta—. Y a Foca, también.

Abrió la maleta con cuidado y salió Foca, gris con las patitas blancas. Lottie estaba tumbada con la cabeza entre las patas, mirando.

Nick se inclinó a olfatear. Después se tumbó él también.

—La gata será buena para la cuadra —dijo papá—. Para los ratones.

Sarah sonrió.

—También será buena para la casa.

Sarah nos tomó a Caleb y a mí de la mano. Tenía las manos grandes y ásperas. Dio a Caleb una concha —caracol de luna, lo llamó ella— que era ondulada y olía a sal.

—Las gaviotas vuelan alto y dejan caer las conchas en las rocas —explicó a Caleb—. Cuando se rompe la concha, se comen lo de dentro.

—¡Son muy listas! —dijo Caleb.

—Para ti, Anna —dijo Sarah—, una piedra de mar.

Y me dio la piedra más suave y más blanca que había visto en mi vida.

—El mar las arrastra una y otra vez y las lame alrededor, hasta que quedan redondas y perfectas.

—También el mar es muy listo —dijo Caleb. Miró a Sarah a la cara—. Aquí no tenemos mar.

Sarah se volvió y miró hacia la llanura.

—No —dijo—. No hay mar. Pero la tierra es ondulada, un poco como el mar.

Mi padre no vio su mirada, pero yo sí. Y sabía que Caleb también la había visto. Sarah no sonreía. Ya sentía añoranza. Quizá dentro de un mes viniera el sacerdote a casar a Sarah y a papá. Y un mes era mucho tiempo. Suficiente como para que cambiara de idea y nos dejara.

Papá metió las maletas de Sarah dentro, en su habitación, que estaba ya preparada con un edredón sobre la cama y flores azules de lino secas en un jarrón sobre la mesilla.

Foca se estiró e hizo un ruidito de gato. La miré dar vueltas alrededor de los perros y olisquear el aire. Caleb salió y se sentó a mi lado.

—¿Cuándo cantamos? —susurró.

Sacudí la cabeza, dando vueltas a la piedra en mi mano. Ojalá todo fuera ten perfecto como la piedra. Ojalá papá, Caleb y yo fuéramos perfectos para Sarah. Ojalá tuviéramos un mar nuestro.

Los perros fueron los primeros en encariñarse con Sarah. Lottie dormía junto a su cama, hecha un ovillo suave, y Nick, por la mañana, recostaba la cabeza sobre las mantas, esperando los primeros signos de que Sarah estuviera despierta. Nadie sabía dónde dormía Foca. A Foca le gustaba el vagabundeo.

La colección de conchas de Sarah estaba colocada en la ventana.

—Una almeja, una ostra —una por una, Sarah nos enseñó el nombre de las diferentes conchas de mar. Y una caracola gigante que si se acerca al oído se puede oír el ruido del mar. La acercó al oído de Caleb, luego al mío. Papá también escuchó. Entonces Sarah escuchó una vez más, con una mirada tan triste y tan lejana que Caleb se estremeció contra mí.

—Por lo menos, Sarah puede escuchar el mar —susurró.

Papá era tímido y callado con Sarah, y yo también. Pero Caleb no paraba de hablar con ella, desde la mañana hasta el anochecer.

—¿Dónde vas? —preguntó—. ¿Qué vas a hacer?

—A recoger flores —contestó Sarah—. Voy a colgar algunas hacia abajo y dejarlas secar para que conserven algo de color. Así podremos tener flores durante todo el invierno.

—¡Yo voy contigo! —gritó Caleb—. Sarah ha dicho «invierno» —me dijo a mí—. Eso significa que va a quedarse.

Juntos recogimos flores, escrofularia, trébol de olor y violeta de las praderas. Las rosas silvestres que trepaban por la valla de la cerca tenían capullos.

—Las rosas florecerán en verano —dije a Sarah. La miré a ver si comprendía lo que estaba pensando. En verano sería la boda. *Podía ser*. La boda de Sarah y papá.

Colgamos las flores del techo en ramilletes.

—Nunca había visto ésta antes —dijo Sarah—. ¿Cómo se llama?

—Toca de novia —contesté. Caleb sonrió al oír el nombre.

—Nosotros no tenemos estas cosas junto al mar —dijo—. Tenemos vara de oro, aster silvestre y zuzón.

—¡Zuzón? —gritó Caleb entusiasmado. Se inventó una canción.

*Zuzón en los prados*
*Zuzón en los vados*
*Zuzón crece y crece*
*y no lo merece*

Sarah y papá se echaron a reír y los perros levantaron la cabeza y golpearon el suelo de madera con el rabo. Foca estaba sentada en una silla de la cocina y nos miraba con sus ojos amarillos.

Cenamos el guiso de Sarah con la luz del atardecer entrando por las ventanas. Papá había hecho pan y estaba aún caliente de la lumbre.

—El guiso está muy sabroso —dijo papá.

—Ayuh [1] —dijo Sarah—. El pan también.

—¿Qué quiere decir «ayuh» —preguntó Caleb.

—En Maine, significa «sí» —dijo Sarah—. ¿Quieres más guiso?

—Ayuh —dijo Caleb.

—Ayuh —añadió mi padre.

Después de la cena, Sarah nos habló de William.

—Tiene un barco gris y blanco que se llama *Meauca* —miró por la ventana—. Es el nombre de una gaviota que se encuentra alejada de la costa, donde William pesca. Tenemos tres tías que viven cerca de nosotros. Llevan vestidos de seda y van descalzas. Os gustarían.

—Ayuh —dijo Caleb.

—¿Tu hermano se parece a ti? —pregunté.

—Sí —dijo Sarah—. Es sencillo y alto.

Al atardecer, Sarah cortó el pelo a Caleb sentada en las escaleras del porche y luego recogió los rizos y los dispersó por la valla y por el suelo. Foca jugueteó por el porche con parte del pelo mientras los perros miraban.

_____

[1] Debe leerse «euyah». Es una forma antigua de decir «sí». Maine es un Estado del noroeste de los Estados Unidos.

—¿Por qué haces eso? —preguntó Caleb.

—Para los pájaros —dijo Sarah—. Lo usarán para hacer sus nidos. Más adelante, podemos buscar nidos de ricitos.

—Sarah ha dicho «más adelante» —me murmuró Caleb mientras esparcíamos su pelo por delante de la casa—. Se va a quedar.

Sarah le cortó el pelo a papá también. Ninguno lo vimos, pero le encontré detrás del granero lanzando mechones de pelo al viento para los pájaros.

Sarah me cepilló el pelo y me lo ató atrás con una cinta de terciopelo rosa que había traído de Maine. Luego se cepilló el suyo, largo y suelto, y también se lo ató atrás y nos quedamos juntas, mirándonos en el espejo. Yo parecía más alta, como Sarah, y blanca y delgada. Con el pelo estirado hacia atrás, parecía un poco su hija. La hija de Sarah.

Y entonces llegó el momento de cantar.

Sarah nos cantó una canción que nunca habíamos oído antes; la escuchamos sentados en el porche con los insectos zumbando en la oscuridad y el susurro de las vacas en la cercanía.

Se llamaba *Ha llegado el estío* y nos la enseñó a todos, incluso a papá, que cantó como si nunca hubiera hecho otra cosa en toda su existencia.

*Ha llegado el estío*
*¡En la rama canta el cuco!*
*Ha llegado el estío*
*Ha llegado el estío*
*Canta el cuco*

—¿Qué quiere decir «estío» —preguntó Caleb.

—Verano —dijeron papá y Sarah al mismo tiempo. Caleb y yo nos miramos. Se acercaba el verano.

—Mañana quiero ver las ovejas —dijo Sarah—. Sabéis, nunca he tocado ninguna.

—¿Nunca? —Caleb se enderezó en la silla.

—Nunca —dijo Sarah. Sonrió y se recostó en la silla—. Pero he tocado focas. Focas de verdad. Tienen una piel fría y resbaladiza y se deslizan por el agua como peces. Pueden llorar y cantar, y a veces ladran, un poco como los perros.

Sarah imitó el ladrido de una foca. Y Lottie y Nick llegaron corriendo desde el granero, le saltaron encima, le lamieron la cara y la hicieron reír. Sarah les acarició y les rascó detrás de las orejas y todo volvió a quedar en silencio.

—Quisiera poder tocar una foca —dijo Caleb con voz que sonaba suave en la noche.

—Yo también —dijo Sarah. Suspiró y luego empezó a cantar la canción del verano otra vez. A lo lejos, en un campo, también cantó un sabanero.

Las ovejas hicieron sonreír a Sarah. Hundió los dedos en su lana espesa y gruesa. Les habló, corrió con los corderitos y les dejó mamarle los dedos. Les puso los nombres de sus tías favoritas, Harriet, Mattie y Lou. Se tumbó junto a las ovejas en el prado y cantó *Ha llegado el estío,* llevando el viento su voz a través de las praderas.

Lloró desconsoladamente cuando encontramos un corderito muerto y gritó y sacudió el puño contra los buitres que habían venido de no se sabe dónde para comérselo. No dejó que Caleb ni yo nos acercáramos. Y aquella noche, papá fue con una pala a enterrar al cordero y con una linterna para alumbrarle el camino a Sarah. Se sentó sola en el porche. Nick se acercó sigilosamente y le puso la cabeza en las rodillas.

Después de la cena, Sarah hizo dibujos para enviar a su casa en Maine. Hizo un dibujo a carboncillo de las praderas onduladas como el mar. Dibujó una oveja con las orejas demasiado grandes. Y un molino de viento.

—«Molino» fue la primera palabra que aprendí —dijo Caleb—. Me lo ha dicho papá.

—La mía fue «flor» —dije yo—. ¿Cuál fue la tuya, Sarah?

—Duna —dijo Sarah.

—¿«Duna»? —interrogó Caleb.

—En Maine —dijo Sarah— hay acantilados rocosos que se levantan al borde del mar. Y hay colinas cubiertas de pinos y abetos. Pero William y yo encontramos una duna de arena sólo para nosotros. Era suave y reducida por los pedacitos de mica, y cuando éramos pequeños nos deslizábamos por ella hasta el mar.

Caleb miró por la ventana.

—Aquí no tenemos dunas —dijo.

Papá se levantó.

—Claro que las tenemos —dijo. Tomó la linterna y salió hacia el granero.

—¿Tenemos? ¿De verdad? —gritó Caleb. Echó a correr delante, Sarah y yo íbamos detrás, y los perros nos seguían de cerca.

Junto al establo estaba el montón de heno, que llegaba casi hasta la altura del granero, cubierto con lonas para evitar que las lluvias lo estropearan. Papá trajo la escalera de madera del granero y la apoyó en el montón de heno.

—Aquí tienes —sonrió a Sarah—. Nuestra duna.

Sarah se quedó muy callada. Los perros la miraron, esperando. Foca se frotó contra sus piernas con la cola en alto. Caleb la agarró de la mano.

—Parece muy alta —dijo—. ¿Te da miedo, Sarah?

—¿Miedo? ¡Miedo! —exclamó Sarah—. De ninguna manera.

Trepó por la escalera y Nick empezó a ladrar. Se subió a lo más alto del monton de heno y se sentó, mirándonos. Encima de nosotros empezaban a salir las estrellas. Papa amontonó heno suelto con su horquilla. La luz de la linterna hizo brillar sus ojos cuando sonrió a Sarah.

—¿Estás lista? —gritó papá.

—¡Lista! —dijo Sarah. Levantó los brazos por encima de la cabeza y se deslizó hacia abajo por el suave heno. Se quedó tumbada riendo, mientras los perros se tumbaban a su lado.

—¿Es una buena duna? —preguntó Caleb.

—Sí —contestó ella—. Una duna estupenda.

Caleb y yo subimos y nos deslizamos. Y Sarah lo hizo tres veces más. Por fin se deslizó también papá, mientras el cielo se oscurecía y las estrellas centelleaban como luciérnagas. Estábamos todos cubiertos de heno, de polvo y estornudando.

En la cocina, Caleb y yo nos lavamos en la gran tina de madera y Sarah hizo más dibujos para enviar a William. Uno era de papá, con el pelo rizado lleno de heno. Dibujó a Caleb deslizándose por el heno, con las manos estiradas sobre la cabeza, como Sarah. Y me dibujó a mí en la tina, con el pelo largo, liso y mojado. Estuvo mucho rato contemplando el dibujo de los campos.

—Le falta algo —le dijo a Caleb—. Algo.
—Y lo dejó a un lado.

—«Querido William» —nos leyó Sarah

aquella noche a la luz de la lámpara—. «Desli-zarse por nuestra duna de heno es casi tan di-vertido como deslizarse por las dunas de arena hasta el mar.»

Caleb me sonrió desde el otro lado de la mesa. No dijo nada, pero sus labios formula-ron en silencio las palabras que también yo ha-bía oído: *nuestra duna.*

Los días se fueron alargando. Las vacas se acercaban al estanque, porque el agua estaba fría y había árboles.

Papá enseñó a Sarah a labrar los campos, guiando el arado detrás de Jack y Bess, con las riendas alrededor del cuello. Cuando terminamos nuestras faenas, nos sentamos en el prado junto a las ovejas, con Sarah a nuestro lado mirando cómo papá terminaba su trabajo.

—Contadme cómo es el invierno —dijo Sarah.

Bess movía la cabeza como asintiendo, al andar, pero oíamos a papá hablar severamente a Jack.

—A Jack no le gusta trabajar —dijo Caleb—. Quiere estar aquí, en la hierba fresca con nosotros.

—No me extraña —dijo Sarah. Se tumbó en la hierba con los brazos debajo de la cabeza—. Habladme del invierno —volvió a decir.

—Aquí hace mucho frío en invierno —dijo Caleb, y Sarah y yo nos reímos.

—En invierno hace frío en todas partes —dije.

—En invierno vamos a la escuela —dijo Caleb—. Sumas y escritura y libros —cantó.

—A mí se me dan bien las sumas y la escritura —dijo Sarah—. Y me encantan los libros. ¿Cómo vais a la escuela?

—Papá nos lleva en la carreta. O caminamos las tres millas, cuando no hay demasiada nieve.

Sarah se enderezó.

—¿Tenéis mucha nieve?

—Montones y montones de nieve —cantó Caleb rodando por la hierba—. A veces tenemos que hacernos un camino con la pala para ir a dar de comer a los animales.

—En Maine, a veces las cuadras están pegadas a las casas —dijo Sarah.

Celeb sonrió.

—¿Para poder invitar a una vaca a cenar el domingo?

Sarah y yo nos reímos.

—Cuando las ventiscas son muy fuertes, papá ata una soga desde la casa hasta la cuadra para que nadie se pierda —dijo Caleb.

Yo fruncí el ceño. Me gustaba el invierno.

—En invierno, las vantanas tienen hielo por las mañanas —dije a Sarah—. Podemos hacer dibujos resplandecientes y ver nuestro aliento en el aire. Papá enciende el fuego y horneamos galletas calientes y nos ponemos muchos jerseys. Y si la nieve es muy alta, nos quedamos en casa, sin ir a la escuela y hacemos muñecos de nieve.

Sarah se tumbó de nuevo entre las altas hierbas con la cara casi oculta.

—¿Y hace viento? —preguntó.

—¿Te gusta el viento? —preguntó Caleb.

—En la orilla del mar hace viento —dijo Sarah.

—También aquí hace viento —dijo Caleb alegremente—. Sopla la nieve y hay ventiscas que hacen correr a las ovejas. ¡Viento y viento y viento! —Caleb se levantó y echó a correr como el viento y las ovejas corrieron tras él. Sarah y yo le mirábamos saltar por rocas y hondonadas, y a las ovejas detrás, con las patas tiesas y rápidas. Caleb dio la vuelta al campo y el sol le doraba la parte alta del pelo. Se dejó caer junto a Sarah y los corderos nos empujaron con sus hocicos húmedos..

—Hola, Lou —dijo Sarah sonriendo—. Hola, Mattie.

El sol estaba muy alto y papá se detuvo para quitarse el sombrero y secarse el sudor de la cara con la manga.

—Tengo calor —dijo Sarah—. Tengo ganas de que llegue el viento del invierno. Vamos a nadar.

—¿Dónde vamos a nadar? —le pregunté.

—Yo no sé nadar —dijo Caleb.

—¡Que no sabes nadar! —exclamó Sarah—. Voy a enseñarte en el estanque de las vacas.

—¡Ese es para las vacas! —dije extrañada.

Pero Sarah nos había agarrado de la mano y corrimos por los campos, agachándonos para pasar bajo la valla en dirección al apartado estanque.

—¡Hala, fuera vacas! —dijo Sarah cuando las vacas levantaron la vista asustadas. Se quitó el vestido y se metió en el estanque en enaguas. De pronto se tiró de cabeza y desapareció un mo-

mento mientras Caleb y yo la mirábamos. Volvió a salir, riendo, con el pelo chorreando libremente. Tenía gotas de agua en los hombros.

Trató de enseñarnos a flotar. Yo me hundí como un cubo lleno de agua y salí balbuceando, pero Caleb aprendió a flotar de espalda y a echar chorros de agua al aire como las ballenas. Las vacas se quedaron en la orilla del estanque mirándonos y dejaron de rumiar. Las chinches de agua nos rodeaban por todas partes.

—¿Esto es como el mar? —preguntó Caleb. Sarah pedaleaba en el agua.

—El mar es salado —dijo Sarah—. Se extiende hasta donde alcanza la vista. Resplandece como el sol sobre un cristal. Tiene olas.

—¿Así? —preguntó Caleb y empujó una ola hacia Sarah haciéndola toser y reírse.

—Sí —dijo—. Así.

Contuve la respiración y por fin logré flotar, mirando al cielo sin atreverme a hablar. Unos cuervos volaban por encima formando una hilera de tres. Y oía a un chorlito en el campo.

Salimos a la orilla y nos secamos tendidos en la hierba. Las vacas nos miraban con ojos tristes en sus caras redondas como un plato.

Ya no había dientes de león en los campos. Sus cabezuelas habían volado suavemente como plumas. Las rosas del verano empezaban a abrirse.

Nuestros vecinos, Matthew y Maggie, vinieron a ayudar a papá a arar un nuevo campo para sembrar maíz. Sarah se quedó con nosotros en el porche mirando como serpenteaba la carreta por el camino, con dos caballos tirando de ella y uno atado detrás. Recordé la última vez que habíamos estado allí solos, Caleb y yo, esperando a Sarah.

Sarah se había hecho unas espesas trenzas que le rodeaban la cabeza, con margaritas silvestres prendidas aquí y allá. Las había recogido papá para ella.

Bess y Jack corrían siguiendo a la carreta a lo largo de la valla que les encerraba, relinchando a los caballos nuevos.

—Papá necesita cinco caballos para la charrúa[1] —le explicó Caleb a Sarah—. La hierba de la pradera es muy dura.

Matthew y Maggie vinieron con sus dos niñas y un saco lleno de pollos. Maggie vació el saco delante de la casa y salieron tres pollitos rojos cloqueando, cada uno en una dirección.

—Son para ti —dijo Maggie—. Para que los comáis.

A Sarah le encantaron los pollos. Les habló cloqueando y les dio de comer grano. La siguieron arrastrando las patas y arañando con delicadeza la tierra. Supe que no los comeríamos.

Las niñas eran pequeñas y se llamaban como flores, Rosa y Violeta. Gritaban, y persiguieron a los pollos, que volaron al tejado del porche, y luego a los perros que se arrastraron silenciosamente a ocultarse bajo el porche. Foca

[1]Charrúa: arado compuesto.

había huido hacía un buen rato a la cuadra, a dormir en el heno fresco.

Sarah y Maggie ayudaron a enganchar los caballos a la charrúa y luego pusieron una larga mesa a la sombra del granero, la cubrieron con un mantel y colocaron una pava llena de flores en el centro. Se sentaron en el porche mientras Caleb, Matthew y papá iniciaban la mañana de arado. Yo preparaba masa de galletas al otro lado de la puerta, mirándoles.

—¿Sientes añoranza, verdad? —preguntó Maggie con su voz suave.

Los ojos de Sarah se llenaron de lágrimas. Lentamente, yo removía la masa.

Maggie tomó la mano de Sarah.

—Algunas veces echo de menos las montañas de Tennessee —dijo.

No eches de menos las montañas, Maggie, pensé.

—Yo echo de menos el mar —dijo Sarah.

—*No eches de menos las montañas. No eches de menos el mar..*

Yo trabajaba y trabajaba la masa.

—Echo de menos a mi hermano William —dijo Sarah—. Pero está casado. Ahora, la casa es de ella. Ya no es mía. Hay tres viejas tías que graznan juntas como cuervos al amanecer. También a ellas las echo de menos.

—Siempre hay cosas que se echan de menos —dijo Maggie—. En dondequiera que estés.

Miré hacia afuera y vi a papá, a Matthew y a Caleb trabajando. Rosa y Violeta correteaban por los campos. Sentí que algo me rozaba las piernas y miré hacia abajo. Era Nick, meneando el rabo.

—Yo te echaría de menos a ti, Nick —murmuré—. Te echaría de menos. —Me arrodillé y le rasqué las orejas—. Echo de menos a mamá.

—Llevé el cuenco fuera y vi como Maggie levantaba una caja baja de madera de la carreta.

—Son plantas —le dijo a Sarah—. Para tu jardín.

—¿Mi jardín? —se inclinó a tocar las plantas.

—Zinnias, caléndulas y magarzas silvestres —dijo Maggie—. Tienes que tener un jardín. En dondequiera que estés.

Sarah sonrió.

—Tenía un jardín en Maine, con dalias y aguileñas. Y capuchinas, del color del sol cuando se pone. No sé si las capuchinas crecerían aquí.

—Prueba —dijo Maggie—. Tienes que tener un jardín.

Plantamos las flores junto al porche, removiendo la tierra y aplastándola a su alrededor, y luego regamos. Lottie y Nick vinieron a olisquear y los pollos se pasearon por el suelo dejando sus huellas. En los campos, los caballos tiraban de la charrúa de un lado a otro, bajo el ardiente sol de verano.

Maggie se pasó la mano por la cara dejándose una raya de tierra.

—Pronto podrás conducir la carreta hasta mi casa y te daré más. Tengo anastasia.

Sarah frunció el ceño.

—Nunca he conducido una carreta.

—Yo puedo enseñarte —dijo Maggie—. Y Anna y Caleb. Y Jacob.

Sarah se volvió hacia mí.

—¿Puedes enseñarme tú? —preguntó—. ¿Sabes conducir la carreta?

Y asentí.

—¿Y Caleb?

—También.

—En Maine —dijo Sarah—, yo iba andando a la ciudad.

—Aquí es distinto —dijo Maggie—. Aquí irás en carreta.

A lo lejos, en el cielo, se amontonaban las nubes. Matthew, papá y Caleb volvieron de los campos, terminado su trabajo. Comimos juntos a la sombra.

—Nos alegramos de que estés aquí —dijo Matthew a Sarah—. Una nueva amiga. Maggie echa de menos a sus amigas, a veces.

Sarah asintió.

—Siempre se echa de menos algo, dondequiera que uno esté —dijo, sonriendo a Maggie.

Rosa y Violeta se quedaron dormidas en la hierba con las pancitas llenas de carne, verduras y galletas. Y cuando llegó el momento de marchar, papá y Matthew las subieron a la carreta y las acostaron sobre unas mantas.

Sarah caminó lentamente tras la carreta durante mucho rato, diciéndoles adiós con la mano hasta que desaparecieron. Caleb y yo fuimos a buscarla, con los pollos corriendo como locos detrás de nosotros.

—¿Cómo los llamaremos? —preguntó Sarah, riéndose mientras los pollos nos seguían a la casa.

Sonreí. Tenía yo razón. Los pollos no serían para comer.

Y entonces entró papá, justo antes de que empezara a llover, trayendo a Sarah las primeras rosas del verano.

Las lluvias llegaron y pasaron pero, hacia el noroeste, quedaron unas extrañas nubes bajas, negras y verdes. Y el viento se calmó.

Por la mañana, Sarah se puso un overol[1] y fue a la cuadra a discutir con papá. Se llevó manzanas para Bess y Jack.

—Las mujeres no llevan ese tipo de prendas —dijo Caleb corriendo tras ella como uno de sus pollos.

[1] Vulgarmente se conoce en España por *mono*. Prenda de trabajo diario de una sola pieza utilizada por mecánicos, bomberos, fontaneros o empleada en otros oficios similares.

—Pues esta mujer los lleva —respondió Sarah tajante.

Papá estaba junto a la valla.

—Quiero aprender a montar a caballo —le dijo Sarah—. Y después, a conducir la carreta. Yo sola.

Jack inclinó la cabeza y mordisqueó el overol de Sarah, que le dio una manzana. Caleb y yo estábamos detrás de ella.

—Sé que puedo montar a caballo —dijo Sarah—. Cuando tenía doce años monté una vez. Montaré a Jack —Jack era su favorito.

Papá sacudió la cabeza.

—Jack, no —dijo—. Es muy astuto.

—Yo también soy muy astuta —dijo Sarah con obstinación.

Papá sonrió.

—Ayuh —dijo, asintiendo—. Pero no montarás a Jack.

—¡Sí que montaré a Jack! —dijo Sarah en voz muy alta.

—Puedo enseñarte a conducir la carreta. Ya te he enseñado a arar.

—Y entonces podré ir a la ciudad sola.

—Di que no, papá —susurró Caleb junto a mí.

—Eso es justo, Sarah —dijo papá—. Practicaremos.

Un trueno retumbó a lo lejos. Papá miró a las nubes.

—¿Hoy? ¿Podemos empezar hoy? —preguntó Sarah.

—Será mejor dejarlo para mañana —contestó papá, con aspecto preocupado—. Tengo que arreglar el tejado. Tiene una parte suelta y se avecina una tormenta.

—Los dos —dijo Sarah.

—¿Qué? —papá se dio la vuelta.

—Los dos arreglaremos el tejado —dijo Sarah—. Ya lo he hecho otras veces. Conozco bien los tejados. Soy una buena carpintería. ¿Recuerdas que te lo dije?

—¿Eres rápida? —preguntó papá a Sarah.

—Soy rápida y buena —dijo Sarah—. Y subieron al tejado por la escalera de mano, Sarah con mechas de pelo alrededor de la cara, con la boca llena de clavos y con un overol como el de papá. Con un overol que era de papá.

—Caleb y yo entramos en casa a cerrar las ventanas. Oíamos el ruido constante de los martillos golpeando el tejado sobre nuestras cabezas.

—¿Por qué quiere irse sola a la ciudad? —me preguntó Caleb—. ¿Para dejarnos?

Sacudí la cabeza, cansada de las preguntas de Caleb. Los ojos se me llenaron de lágrimas. Pero no había tiempo para llorar porque, de repente, papá nos llamó.

—¡Caleb! ¡Anna!

Corrimos afuera y vimos una enorme nube, horriblemente negra, que se acercaba a nosotros por las tierras del norte. Papá se deslizó por el tejado, ayudando a Sarah, que iba detrás.

—¡Un temporal! —nos gritó. Levantó los brazos para agarrar a Sarah, que saltó del tejado del porche.

—Mete los caballos —mandó a Caleb—. Anna, recoge las ovejas y las vacas. El establo es lo más seguro.

Las hierbas se aplanaron. El viento silbó y, de pronto, se extendió un olor penetrante. Nuestras caras parecían amarillas con la extraña luz. Caleb y yo saltamos la valla y encontramos a los animales apiñados junto a la pared del establo. Conté las ovejas para asegurarme de que estaban todas y las conduje a un gran establo. Cayeron unas gotas de lluvia, suavemente al principio, y después más fuerte y más ruidosas, así que Caleb y yo nos tapamos las orejas y nos miramos el uno al otro sin hablar. Caleb parecía asustado y traté de sonreírle. Sarah trajo un saco al granero. Tenía el pelo empapado y el agua le corría por el cuello. Papá venía detrás de Nick y Lottie, que llevaban las orejas gachas, pegadas a la cabeza.

—¡Esperad! —exclamó Sarah—. ¡Mis pollos!

—¡No, Sarah! —la llamó papá. Pero Sarah ya había salido corriendo del establo y cruzaba entre una cortina de lluvia. Mi padre la siguió. Una oveja abrió el establo con el hocico y todas salieron y se pusieron a dar vueltas por la cuadra, balando. Nick se arrastró debajo de mi brazo y un corderito, Mattie, el de la cara negra, se pegó a mi temblando. Sentí una pata suave en el regazo y luego un cuerpo gris: Foca. Y entonces, mientras golpeaba el trueno y arreciaba el viento, se oyó el tremendo crujido de un rayo en los alrededores. Papá y Sarah estaban a la puerta del establo, calados hasta los huesos. Papá llevaba a los pollos de Sarah. Sarah tenía un manojo de rosas de verano.

Los pollos de Sarah no estaban asustados y se aposentaron como montoncitos rojos en el heno. Papá cerró la puerta por fin, dejando fuera algunos de los ruidos de la tormenta. El establo tenía un aspecto fantasmal, a media luz como un atardecer sin lámpara. Papá nos echó mantas por los hombros y Sarah abrió una bolsa y sacó pan, queso y jamón. En el fondo de la bolsa estaban las conchas de Sarah.

Caleb se puso en pie y se acercó al ventanuco del establo.

—¿De qué color es el mar cuando hay tormenta?

—Azul —respondió Sarah peinándose el pelo mojado hacia atrás con los dedos—. Y gris y verde.

Caleb asintió y sonrió.

—Mira —le dijo—. Mira lo que falta en tu dibujo.

Sarah fue a mirar por la ventana, junto a Caleb y papá. Estuvo mirando mucho rato, sin hablar. Finalmente, tocó a papá en el hombro.

—También tenemos temporales en Maine —dijo—. Iguales que estos. Está bien, Jacob.

Papá no dijo nada, pero la rodeó con su brazo y apoyó la barbilla en su pelo. Cerré los ojos, recordando a papá y a mamá del mismo modo, mamá más menuda que Sarah, con su pelo ru-

bio contra el hombro de papá. Cuando abrí los ojos, era Sarah quien estaba allí. Caleb me miró y sonrió y sonrió hasta que no pudo sonreír más.

Aquella noche dormimos en el heno. Nos despertábamos cuando arreciaba el viento y volvíamos a dormirnos cuando se calmaba. Al amanecer se oyó de pronto el ruido del granizo, como piedras lanzadas contra el granero. Miramos por la ventana, contemplando las canicas de hielo rebotar en la tierra. Y cuando pasó todo, abrimos la puerta y salimos afuera en la luz de la mañana. El granizo crujía y se fundía bajo nuestros pies. Era blanco y resplandecía hasta donde alcanzaba nuestra vista, como el sol sobre un cristal. Como el mar.

Reinaba el silencio. Los perros se inclinaban a comerse el granizo. Foca los rodeó cuidadosamente y dio un salto a la valla para lavarse. Cerca del estanque de las vacas se había derrumbado un árbol. Y las rosas silvestres estaban esparcidas por el suelo como si hubiera habido una boda y ya se hubiera marchado todo el mundo.

—Me alegro de haber salvado un manojo —fue lo único que dijo Sarah.

Sólo uno de los campos estaba muy estropeado y Sarah y papá engancharon a los caballos y lo araron y lo replantaron durante los dos días siguientes. El tejado había aguantado.

—Te dije que entendía de tejados —dijo Sarah a papá, haciéndole sonreír.

Papá mantuvo la promesa que había hecho a Sarah. Cuando terminaron el trabajo, la llevó a los campos, él montando a Jack, que era astuto, y Sarah a Bess. Sarah aprendió enseguida.

—Demasiado pronto —se me quejó Caleb mientras los observábamos desde la valla. Caviló unos momentos—. Quizá se caiga y tenga que quedarse. ¿Por qué tiene que irse sola? ¿Por qué?

—Calla, Caleb —dije malhumorada—. Calla.

—Podría ponerme enfermo y hacerla quedarse —dijo Caleb.

—No.

—Podríamos atarla.

—No.

Y Caleb empezó a llorar y le llevé al establo donde podíamos llorar los dos.

Papá y Sarah vinieron a enganchar los caballos a la carreta para que Sarah pudiera practicar. Papá no vio las lágrimas de Caleb y le mandó con un hacha a empezar a cortar el árbol caído junto al estanque para hacer leña. Yo me puse de pie y miré a Sarah, con las riendas en la mano, y a papá sentado a su lado en la carreta. Veía a Caleb de pie junto al estanque haciéndose sombra en los ojos con una mano y mirándoles también. Entré en la oscuridad protectora del granero con los pollos de Sarah corriendo detrás de mi.

—¿Por qué? —pregunté en voz alta, repitiéndome la pregunta de Caleb.

Los pollos me miraban con sus ojillos brillantes.

A la mañana siguiente, Sarah se levantó temprano y se puso el vestido azul. Llevó manzanas a la cuadra. Cargó una brazada de heno para Bess y Jack y se puso su sombrero amarillo.

—Recuerda —dijo papá—. Mano fuerte con Jack.

—Sí, Jacob.

—Mejor que vuelvas antes de que oscurezca —dijo papá—. Es difícil conducir la carreta si no hay luna llena.

—Sí, Jacob.

Sarah nos besó a todos, incluso a mi padre, que puso cara de sorpresa.

—Cuidad de Foca —nos dijo a Caleb y a mí.

Y con un susurro a Bess y una palabra firme a Jack, Sarah se subió a la carreta y se alejó.

—Muy bien —murmuró papá mirándola. Después de un rato, se dio la vuelta y se fue a los campos.

Caleb y yo miramos a Sarah desde el porche. Caleb me cogió de la mano y los perros se tumbaron a nuestro lado. Era un día soleado y recordé aquella otra vez en que una carreta se había llevado a mamá. Era un día igual que éste. Y mamá no había vuelto nunca.

Foca saltó al porche y sus patas dieron un golpe suave. Caleb se inclinó, la agarró y se metio dentro. yo agarré la escoba y barrí lentamente el porche. Luego regué las plantas de Sarah. Caleb limpió el fogón de leña y llevó las cenizas a la cuadra, y se le derramaron por el porche, de modo que tuve que volver a barrerlo.

—Soy ruidoso y enredón —lloró de repente—. ¡Tú lo dijiste! ¡Y se ha ido a comprar un billete de tren para marcharse.

—No, Caleb, nos lo hubiera dicho.

—La casa es demasiado pequeña —dijo Caleb—, eso es lo que pasa.

—La casa no es demasiado pequeña —dije. Miré el dibujo que había hecho Sarah de los campos, clavado en la pared al lado de la ventana.

—¿Qué le falta? —pregunté a Caleb—. Dijiste que sabías lo que le faltaba.

—Los colores —dijo Caleb con desaliento—. Los colores del mar.

Fuera, se formaron nubes en el cielo y luego desaparecieron. Llevamos el almuerzo a papá, queso, pan y limonada. Caleb me dio con el codo.

—Pregúntale. Pregunta a papá.

—¿... qué ha ido Sarah? —pregunté.

—No lo sé —dijo papá. Me miró con los ojos semicerrados. Luego suspiró y le puso una mano a Caleb en la cabeza, y otra a mí—. Sarah es Sarah. Le gusta hacer las cosas a su manera, ya sabéis.

—Sí —dijo Caleb muy bajito.

Papá agarró la pala y se puso el sombrero.

—Pregúntale si va a volver —susurró Caleb.

—Claro que va a volver —dije—. Foca está aquí —pero no quería hacer la pregunta. Tenía miedo de oír la respuesta.

Dimos de comer a las ovejas y puse la mesa para la cena. Cuatro platos. El sol estaba muy bajo sobre los campos de poniente. Lottie y Nick estaban a la puerta, meneando el rabo, pidiendo la cena. Papá vino a encender el fogón. Y atardecía. Pronto sería noche cerrada. Caleb se sentó en las escaleras del porche, dando vueltas y vueltas en la mano a su caracol de luna. Foca se frotaba una y otra vez contra él.

De pronto Lottie empezó a ladrar y Nick saltó del porche y empezó a correr por la carretera.

—¡Polvo! —exclamó Caleb. Trepó por un pilar del porche y se puso de pie en el tejado—. ¡Polvo y un sombrero amarillo!

Lentamente, la carreta dio la vuelta por el molino de viento y la cuadra y la barrera de olivos de Bohemia y llegó delante de la casa, con los perros saltando alegremente a su alrededor.

—Callaos, perros —dijo Sarah. Y Nick saltó a la carreta y se sentó junto a ella.

Caleb rompió a llorar.

—Foca estaba muy preocupada —lloró.

Sarah le abrazó y Caleb lloró sobre su vestido.

—¡Y la casa es demasiado pequeña, creíamos! ¡Y yo soy ruidoso y enredón!

Sarah nos miró a papá y a mí por encima de la cabeza de Caleb.

—Hemos creído que estabas pensando dejarnos —le dije—. Porque echas de menos el mar.

Sarah sonrió.

—No —dijo—. Siempre echaré de menos mi antigua casa, pero la verdad es que os echaría mucho más de menos a vosotros.

Papá sonrió a Sarah y luego se inclinó rápidamente para desenganchar a los caballos. Los llevó al establo para que abrevasen.

Sarah me dio un paquete.

—Para Anna —dijo— y Caleb. Para todos nosotros.

El paquete era pequeño, envuelto en papel marrón con una goma alrededor. Lo desenvolí con mucho cuidado, mientras Caleb miraba atentamente. Dentro había tres lápices de colores.

—Azul —dijo Caleb lentamente—, gris. Y verde.

Sarah asintió.

De pronto, Caleb sonrió.

—Papá —llamó—. ¡Papá, ven, corre! ¡Sarah ha traído el mar!

Cenamos a la luz de las velas, los cuatro. Sarah ha traído las velas de la ciudad. Y semilla de capuchina para su jardín y un libro de canciones para enseñarnos. Es muy tarde y Caleb casi se queda dormido junto a su plato. Sarah sonríe a mi padre.

Pronto será la boda. Papá dice que cuando el sacerdote pregunte que si quiere a Sarah por esposa va a contestar «Ayuh».

Llegará el otoño, luego el invierno frío, con un viento que sople como el viento marino de Maine. Podremos buscar nidos de rizos y tendremos flores secas todo el invierno. Cuando haya tormenta, papá atará una soga desde la puerta de casa hasta la cuadra para que no nos perdamos al ir a dar de comer a las ovejtas, a las vacas y a Bess y Jack. Y a los pollos de Sarah, si no están viviendo en casa. El mar de Sarah, azul, gris y verde, estará colgado de la pared. Y cantaremos canciones, viejas y nuevas. Y tendremos a Foca, la de los ojos amarillos. Y a Sarah, sencilla y alta.

# ÍNDICE